내 몸을 입으시겠어요?

내 몸을 입으시겠어요?

조명 시집

민음의 시 278

민음사

어린것이 오고 있다

어린것이

왔다

파린으로 빚어진 이 어리디어린것

아가야

나는 너를

진(眞)이라 부른다

늙은 꿈에 햇꿈이 안겨 오다니!

싱싱, 생생,

꿈이 맛있게 익어 간다

2020년 가을
조명

작품 해설 | 김영임

세족

바다가 섬의 발을 씻어 준다
돌발톱 밑
무좀 든 발가락 사이사이
불 꺼진 등대까지 씻어 준다
잘 살았다고
당신 있어 살았다고
지상의 마지막 부부처럼
섬이 바다의 발을 씻어 준다

칸나

머리가 꽃이다

고요를 사르는 불볕 속

한 떨기 꽃이 머리다

꽃얼굴 빨갛다

아무래도 나에게 다 말해 주지 않은 것이다

정오의 태양 아래

풀치마폭 안으로 몸 오그려 숨어드는 이

태양이 기울어 멀어질 때

뉘엿뉘엿 기어 나와 당신 뒤편으로 길게 드러눕는

꽃동물 같았다

꽃귀신들린 꽃은 꽃그림자도 꽃이라서

나도 다 말해 주지는 못할 것이다

몸소 타올라 전할 뿐

태양이 저녁을 내려놓고 새벽을 찾아가고 있다

저마다의 알뿌리 속으로 기어든다

오늘 밤

한 알의 꿈은

별 하나의 토양을 바꿀 수 있을까

빨간 달밤이 오고 있다

청동 구름을 타고

어렸지. 조그만 청동 구름 타고 날았지. 탕! 탕! 탕! 구름 총알 쏘아 대며 날아갔지. 즐거웠어. 천둥 울고 번개도 쳤다. 황동 구름 타고 엄마는 계속 따라왔지. 손사래 치셨지. 나는 돌아보고 눈으로 웃었다. 아침노을이 피어났어. 그 시절, 구름꽃봉오리 발사하며 맨 뒤를 지키시던 우리 할머니 백동 구름 타고 팡! 팡! 팡! 저녁노을은 꽃다웠다. 나는 밤중에도 날았다. 달에게 탕! 별에게 탕! 탕! 전쟁놀이는 재미있었어. 아득히 잿빛 구름 거무스름 밀려오는, 속삭임은 끝임없었지. 나는 그 말씀 아직 다 해독하지 못했다. 거기, 할머니 반다지에는, 어린잎 앞세우고 기어오르는 담쟁이 일가의 문양도 남았지.

벚꽃 시대

꿈같아요

꿈속에서 꽃꿈을 꾸는

고양이

한 무리 고양이들 사지를 쫙 펼쳐

이 의식에서 저 의식을

핥아요

제 검은 가지 끄트머리마다

꽃을 들어요

귀밑머리 구름벚꽃 꽂고 환하게 웃으며, 찰칵

잠시 잠깐 돌아온

소녀들

꽃 같아요

꽃꿈 속에서 꿈을 꾸는

프러시안블루

할머니

마야의 꽃들

구름 선생 구름 아이들 꽃씨를 심어요 오늘밤 꽃대궁 타고 올라 구름 너머를 볼 수 있겠죠 뱅! 옛날 옛적 태양도 비태양도 아니었던 애초의 마야, 당신의 꿈에 키스하고 꽃씨는 꽃으로 피어났죠 뱅뱅! 신은 또 인간이 되고 싶었죠 가없는 하늘이란 바깥 없는 골방, 영원이란 지루한 찰나, 빈 우유갑 화분에 신을 묻어 두면 면면색색 피어납니다 뱅뱅뱅! 한 알의 꽃씨는 수십 송아리 꽃을 낳고 우리 엄마는 일곱 명의 아이를 낳았는데요 끙끙, 뻘뻘, 흑흑, 여여, 멍투배기 애물단지들 뱅뱅뱅뱅! 그런데 왜, 유언처럼, 늙은 별은 죽어 가면서 빅뱅! 신생의 성운단을 남기는 걸까요 한 송이 꽃은 빅뱅! 꽃씨들 아글아글 남기는 걸까요 뱅뱅뱅! 구름 선생 구름 아이들 꽃씨를 심어요 마야의 구름 할머니 올가을에도 내년 봄 꽃씨를 받으시겠죠? 뱅뱅!

구근(球根)

태양으로부터 알뿌리가 배달되었다
별 하나의 폐허에게로 달려온 한 무리 꽃 꿈
검정 비닐봉지를 여니 있다
멀뚱멀뚱 두근두근 바라보다가
화단으로 들판으로 환하게 달려나가는 웃음보들
어둠을 살았어도 그냥 해맑은 게, 태양?
내게 태양이라면 그 여름 그 태양일 뿐
당신은 우중에도 눈부시게 타올라 내 얼굴에 햇물 들였지
태양은 없고 알뿌리만 배달되었다
나는 한 알의 그대를 상한 가슴 골짜기에 심어야겠다
그리고 오래 잠들어야겠다
살갗 뚫고 옥토를 열며 초여름이 촉촉촉 돋아
책가방 메고 비늘무늬 스커트 입고 창밖을 달려간다
도처에서 나비 떼 돌아오는 소리
이제 곧 꽃얼굴 피어오를 것
태양의 전화번호가 그림으로 떠오른다

파린의 계절

사랑이라는 말이 있기 전 파린이 있었지
우리는 파린의 계절로부터 왔다네

한 마리 그이 한 마리 나
금강 유역 백합나무 아래 앉아 이파리 둘 팔락일 때
강상을 날던 금시조 한 쌍 공중에 멈춰 서서
"파린해요, 파린해요"

한 그루 나 한 그루 그이
달빛 어린 빌딩숲길에 서로 눈부신 백합나무로 서서
파린의 이파리와 파린의 이파리로 입맞출 때
콘크리트 기둥들 일렁이는 연풍에 몸을 실어
"파린해요, 파린해요"

은하가 지상으로 흐르고 바위산이 하늘을 날아다니고
광활한 구릉 색색 꽃송아리 머리 위로 떠올라
파린의 손가락에 무구한 백합반지,
파린의 손목에 유구한 백합시계,

흙에서 떠나보낸 모든 하늘아이 흙에서 부활했지

우리는 파린의 계절로부터 왔다네
사랑이라는 말이 있기 전 파린이 있었지

파린의 쇄빙선

나의 왕자여
백마 타고 갈기 휘날리며 먼 길 달려오지 마세요
이곳은 저주의 마법이 걸린
공주의 침상이 아니랍니다
해빙의 바람도 해토의 물오름도 없는 얼음 땅
잿빛 하늘 망망대해를 밀고 당겨 운명의 적도를 넘어서야
온전히 들어설 수 있는 사랑의 빙결역

나의 왕자여
그럼에도 불구하고 오시려거든 부디 쇄빙선
유도형 쇄빙선이 아닌 독항형 쇄빙선을 타고 오십시오
광야의 향나무처럼 대양의 향유고래처럼
향긋한 심부로 파도 무늬 살갗으로 파빙과 파벽의 영혼
으로
우리 부드러운 곡면의 쇄빙선이 되어요

그리하여 그대여
영원한 환희의 순간을 위하여
연속쇄빙항행과 차징항행과 꿈꾸던 에어버블링의 쇄빙

력을 다하여
  더 이상 쇄빙선이 필요 없는 그 파란의 심연
  얼룩 든 마음마저 더운 눈물로 씻긴 그곳에
  닻을 내리기로 해요

  어린 향나무의 나비잠과
  향유고래의 옹알이가
  그곳에 있어요

애재라, 애저*

당신은 만삭의 배 가르고 아홉 마리 애기를 꺼냈지
진짜배기 놈들이니 귀하게 다루라고 속삭였어
봄날의 햇살과 풀잎과 사랑은 전설처럼 흘러가네
설설 끓는 가마솥에 통째로 집어넣어 슬쩍 튀겼지
튀겨진 애기들 압력솥에 가두고 푸욱 삶았어
돌미나리의 푸르름 순무의 순수를 보태기도 했지
진짜배기 놈들이니 귀하게 다루라고 속삭였어
속속들이 익힌 애기들 배냇살 발라내 결 따라 찢었지
버섯 대가리 대파 뿌리 보들한 창새기까지 다져 넣었어
두루두루 주물럭거린 정한 것들 놋냄비에 얹어 중탕!
어린 믿음의 뼈는 골수를 우려내는 무쇠가마행!
뭉근히, 노을은 붉어 해는 지고 달은 차올라 달무리 졌지
봄날의 바람과 꽃잎과 사랑은 전설처럼 흘러가네
생겨자 찍어 눈물 찔끔대며 드시는 아홉 마리 당신
믿음 상실한 어린 독이 믿음 그득한 당신 속 풀어 준다네
봄날의 유두와 귀두와 사랑은 다 흘러갔네

* 고기로 쓰기 위한 태중의 어린 돼지

목단꽃 타투

우리 파파 할머니 꽃수를 놓으신다
겨울 햇살 산란하는 소파에 발그레 앉아
오늘도 그 목단꽃 수놓으신다
다홍색 비단실 은바늘에 꿰어 스윗스윗
둥근 수틀 안 이승과 저승 오르락내리락
치매의 전두엽에 새기는 목단꽃 타투
할머니, 왜 날마다 목단꽃이에요?
날마다 목단꽃 아니야, 내 사랑 목단꽃이야.
다홍 구름 한 오라기 금바늘에 꿰어 스윗스윗
밤하늘에서도 지워지지 않을 한 사람
치매의 후두엽에 새기는 목단꽃 타투
초록뱀 꽃물 들이던 여인의 정원에 발가니 앉아

그렁그렁 별들아

영롱?

앙상한 별은 앙상한 대로 우람한 별은 우람한 대로

영롱?

유정이 흐르는 별은 별대로 무심 깊은 별은 별대로

그렁그렁 영롱?

농밀한 별자리는 농밀함으로 헐렁한 별자리는 헐렁함으로

영롱? 영롱?

지난겨울

인도차이나 반도 밤하늘에서 내려다보던 별꽃 명멸하는
별밭은

별꽃 명멸하는 대로

별총 명멸하는 별밭은 별총 명멸하는 대로 그렁그렁

그렁그렁 영롱?

그래도 그럼에도 그렁그렁 별들아

하늘에서도 땅에서처럼

배곯아 앓는 별들에게로 남모르는 햇살 한 줌 은하 한
줄기 더

건너가므로

영롱? 영롱?

끝 숨을 토하며 막막 허공 중에 몸을 던진 새끼 별
가슴밖에 묻을 곳 없어
그토록
영롱?

1992QB1-얼음주먹별

밤별 고요히 올려다보면
지워진 별도 보이지

물방울별 금돌별 흙알갱이별 불꽃송이별
빛나는 행성들 곰곰 바라다보면
원시태양이 별을 낳던 시절 태어나지 못한 아기별들
떠돌이 별떨기도 보이지

1992QB1,
천체과학자는 태양계 밖 먼지와 얼음의 행성이라 하고
얼음주먹별,
지구의 어미는 유랑하는 아이들 모둠별을 생각하지

수평선 넘어 금빛 이마가 떠오를 때부터 엄마를
　지평선 넘어 붉은 뒤통수가 사라지는 순간까지 아빠를
알아보는 태양의 아이들
　차마 지워 버릴 수 없는 지워진 아이들이지

　태양풍에 몸을 던진 아기별 하나

엄마 찾아 99억 킬로미터를 추락하는 밤
마지막 첫울음 불꽃으로 우는,

1992QB1,
천체과학자는
태양계 생성의 비밀을 간직한 원시태양계 화석이라 하고
얼음주먹별,
나는 생모 생부의 내력을 온몸으로 간직한 아기별이라
믿지

잠든 아들 녀석 눈부신 청춘 곰곰 들여다보면
또 한 녀석의 청춘도 보이지
떠날 줄 몰라 다시 올 수도 없지.

늙은 등대지기는 무적(霧笛)을 울리지 않는다

사하라 사막 흰송장나비 떼 유골 가루를 날려 보냈나
서해 비인만 묵정 가슴 지우며 밀려드는 안개
백발 아씨들 모래톱에 앉아 불러 보는 옛 노래 속
낮은 목소리 피고 지던 그 달밤이 왔다
밤늦도록 베틀에 앉아 첫사랑을 직조하던
열아홉 살 울 언니 야학 총각 선생 애 말리며 사랑할 때
사하라 사막 흰송장나비 서해 바다와 불꽃 파도 일으킬 때
습습히 피어올라 달의 안구를 가리던 안갯속이다
돌아보면 싯푸른 방무림마저 속절없이 무너지고
지척이 옛날 슬프고도 환한 오리무중이다
괜찮다 그런대로 아름다웠다 해무의 다정에 안겨
새끼손가락에 새끼손가락 다시 걸어 보는 동안
울 언니 베틀 뒤편 녹홍의 씨실 날실 다 풀어진다
흥얼흥얼 꽃아씨들 다 지워진다
그러구러 늙은 등대지기는 무적을 울리지 않는다

태양 양육법

태평양 상공에서 본다
아침노을 물든 꽃분홍 구름들
저마다의 분홍을 태양에게 드리고 있다
바람이니 파도니 창백해질 때까지
분홍젖 분홍말 분홍글 분홍회초리 모조리 꺼내
갓난이 태양에게 드리고 있다
나, 누더기 꼬맹이 동방의 해누리를 뒤뚱이던 시절에도
분홍구름들 있었다
자물통도 울타리도 없던 마을
아홉째 낳고도 동냥젖 주기 마다 않던 풍양댁 아주머니
폐 골판지에 아 야 어 여 눌러 써 주던 우리 큰언니
온 동네 무례한들 호령하시던 윗뜸 호랑 할아버지
서러운 밤이면 별들 주렁주렁 열리던 둥구나무까지
한 사람 되도록 한 마을이 돌아가고 있었다
그러나저러나 저기 저 구름 어르신들
지상의 어린 해님들 궁금해 서울로 강림하신다면
해종일 파수 카메라 돌아가는 스쿨존 어슬렁어슬렁
하릴없이 꽃분홍이나 씹으시겠다
태양 양육법 작파하시겠다
그냥 돌아가시겠다

그류

여자의 부류는 남류와 다른 사랑의 부류유
고독한 태양풍 남류라믄 모를까
슬픔이라믄 또 모를까
달 건너편 강마을 산수유나무 여류가
허무는 무슨 허무를 노래하겠어유

어스름 달무리 유두루 밀려드는 달밤에유
공룡 알 줄금 가듯 뱃거죽 트며 솟아오르는 환희 보셨슈?
새끼 낳아 젖 물려 본 여류가
고독은 또 무슨 고독을 노래하겠어유

그류
여자의 부류는 남류와 다른 사랑의 부류유
철과 공이 아니라 생물과 물리란 말이쥬
놀이 삼아서유
허무해 고독해 바람의 메시지 한번 날려 보실 텨유?
사랑해 슬퍼 속상해 아퍼 액정 암벽에서 바루 메아리치쥬

숫한 가객들 허무를 노래하긴 하지유

맘결 땜인지 몸결 땜인지 잘은 모르겠는디유
남류가 부르는 허무가는 그럴듯한디
여류가 부르는 허무가는 뭔지 좀 허전하드라구유
허무에 애 말리는 사랑이라믄 또 모를까

슬픔의 유역에서

산자락 뒤울이었어. 대웅전 현판이 버려져 있었지. 허물어진 마음은 어디를 헤매고 있었을까. (눈이 온다.)

그 대웅전을 들이고 싶었다. 뭣 할꼬?

글쎄, 품에 안고 연꽃차를 마셨을까. 연화경이 내장으로 스몄을지도 모르지. 어루만지며 대하 시를 썼을까. 그리하여 내 금강의 끝자락에 닿았을지도 몰라. 어쩌면 백지장 같은, 사랑의 발상지를 또 낳았을까.

(눈이 온다.)

그 여름, 붕새만 한 대웅전이 내게로 날아왔지.
멧새만한 소웅전에는 대저 들일 수 없었어.

야속함의 흙비 원망으로 들이치던 처마. 절망이 내려앉던 세속의 뒤울. 텅 빈 채, 그도 나를 들이지 못한 채, 우리는 망각의 생화를 피웠다. 기억의 종이꽃을 피웠다.

내 안의 당신. 당신 안의 나. 그 시절 미어진 꽃송아리는 어디를 헤매고 있는 걸까. (눈이 온다.)

악어와 악어새의 공놀이

상상할 수 있겠어?

악어새 없는 악어, 악어 없는 악어새, 그들 사라진 아마존,

텅 빈 상생의 샹그릴라

자, 받아!

악어가 악어에게 악어새를 던져

아마존 엄마 악어 "엄마, 젖 줘!" 들리지 않아

젖물이 은하까지 흘러넘쳐도 별무소용

자, 받아!

악어가 악어에게 악어새를 던져

아마존 아빠 악어 "아빠, 젖 줘!" 들을 줄 몰라

눈부신 욕망이 마천루 위에 태양의 놀이터를 짓는다 해도

별무소용

파닥파닥 파들파들,

연분홍 알몸의 모자 공생기 아마존 법정에서 그냥 저물어

고추 잠지 내놓고 까꿍, 해맑은 애착의 부자 공생기

가정 법원 그늘에서 그냥 지워져

올려다보는 슬하의 노을만 먹먹 핏빛

입 닫은 아기 새 귀 막은 아기 새 절대 눈 맞추지 않는

우리들의 아기 새

정말 모르겠어?

아마존 아마추어들의 맹랑한, 우주적 토너먼트

이제 곧

악어새가 악어를 던질 차례야

화산강이 흐르는 대지의 레퀴엠

아열대의 섬 황량한 들판에서 본다
구름덩이 흑마술 부리듯 회오리치는 하늘 아래
유황 바람이 어슬렁거린다
누구라도 곁에 있었으면 좋겠다
그날, 그들에 관하여
사랑의 중심이 고름 둥치로 솟구치던 폭발 이후
먹회색 화쇄물 침전시키며 회백색 수증기 피워 올리며
석순들 널부러진 강바닥,
분비물이 말라 가는 하구,
애기 울음소리 애들 노랫소리 잡아먹는 그 달밤이 왔다
혼인색의 귀향과 산란의 꿈을 매장해 버린
오늘, 당신과 나에 관하여
검붉은 용암이 골짜기를 덮치던 필연적 재앙 이후
미생의 미물들 몸 둘 바 진초록 생식처는 없다
꽃의 절멸 새의 절멸 뱀의 절멸 별의 절멸
나는 빈 유모차에 끌려가는 별들의 장례 행렬을 상상한다
오지 못한 신생아들의 고향은 안녕하신가
무릎학교를 허물며
고결하고 엄한 아버지와 거룩하고 자애로운 어머니가

체념의 레퀴엠을 타고 전래동화 속으로 날아가는 달밤
검은 물소 한 마리 화산강을 건너간다
발가벗은 채 소 잔등에 엎드린 채
그래도래섬 아이따와 소녀가 고삐를 쥐고 있다

연(蓮)

씨불알, 씨앗부터 다른 연놈들이다
진흙탕에서 뿌리 굵은 연놈들이다
천년 묵은 종자에서도 싹을 틔우는 혈통
뿌리 속에 허공을 가두어 꽃구멍을 낼 줄 아는,

씨불알, 연놈들 뭣들 허구 자빠졌걸래
오뉴월 대낮 참에두 꽃대강이들 안 뵈는 겨 시방?
아직두 멀었다 그 말여 시방?
개안허믄 다시 와라 그 말씀이여?

설해목

청솔이 늙은 팔뚝 하나 뚜욱 분질러 준다

밤눈의 두터운 고독을 덜어 주려고

목단꽃 전사

막 할례를 마치고 솟구친 붉은머리꽃이여
돌창을 들어 맹수를 쫓던 여인들의 후예여
그대는 뿌리 속 어머니들이 수백 밤 벼린
첫 암술을 밀어 올려 꽃피었네

뿌리골무여인이 피워 올린 꽃목단이여
별나비와 태양나비를 동무 삼던 붉디붉은 꽃이여
흰머리독수리 황금갈기사자 블랙재규어와도 겨룰 줄 아는
그대는 꽃 중의 꽃 전사 중의 전사였구려

절연의 유월은 와서
낙화의 초여름은 오고야 말아서

붉은머리전사와 뿌리골무여인이 작별을 고하는 날
나도 반흑반백의 모발 귓바퀴 뒤편으로 쓸어넘기며
목단만 두고 꽃씨도 없이 영영 떠나가려오

왕오색나비와 애들의 정원

한 아이가 공작 가위를 들고 정원으로 달려갔다
나비 비명이 동심을 흔들어 초저녁 어스름 내렸다
알의 꿈이 털애벌레 몸으로 꿈틀거리던 살라나무 뜰
나비보다 먼저 정원사 할멈 말씀이 팔락이고 있었다
기다려 보아라, 글피쯤 왕오색나비가 태어날 게다
송장 몰골 무른 얼굴만 고치 밖으로 내민 채 할할
아이 눈에는 그 애기 죽을 것만 같았다
연민의 분침이 사랑의 시침을 밟고 앞질러 달려갔다
애기 유령들 손사래를 치며 뒤따라 달려갔다
한 아이가 공작 가위를 들고 싹둑, 구멍을 오려 주었다
내 주치의가 그랬던 것처럼
어기적어기적 기어나와 툭 떨어져 푸드덕푸드덕, 죽었다
왕오색나비의 왕국 꽃피는 살라나무 정원이었다
나는 애들이 몰려오기 전에 묻어 버리고 싶었다

아바타 트리

아버지는 바깥마당에 한 그루 오동나무를 심으셨다
마을에 없던 오동나무
두툼하고 푸르르니 하늘 궁륭을 넘실대던
햇빛 아래 달빛 아래 흙 마당에 출렁이던 넓은 잎사귀들
아버지 출타하실 때마다 외투 자락에 펄럭펄럭
함께 길 떠나곤 하더니만
어느 늦가을 밤
아버지 검붉은 태양을 토하시던 그 창백한 달밤
오동목 제 안의 태양도 꺼내 주었는지
상여 나가던 날, 그도 죽었다.

나는 오래된 안마당에 한 그루 먹감나무를 심었다
마을에 없는 먹감나무
도톰하고 매끈하니 낮은 공중에서 반짝이는 감 잎사귀들
내 사유의 바다를 함께 떠도는 나뭇잎 배
밤낮없이 나를 따라다닌다
머잖아 내가 검푸른 별들 토하게 될 그 창백한 달밤
먹감목 네 속의 별들도 꺼내 줄 거니?
그리하여 나 묻히는 날, 너도 죽을 거니?

어머니의 우물가 살구나무가 그랬듯.

내 몸을 입으시겠어요?

한번, 태어나 볼까요?
아랫녘으로 내려갈수록 물색 짙어지는 봄날
태양은 빛의 구멍을 열어 색의 연풍을 보내 주어요
나는 바야흐로 색의 씨앗, 당신은 빛의 씨앗
흠 없는 외로움 흠 없는 그리움을 서로 알아요
애초의 어둠 속 반짝임을 알아요
반짝임은 사랑의 핵, 생명을 만들죠
수원 떠나 옥천 지나 금강 건너 금산 골짜기 돌샘
애타는 당신 지상의 이슬방울들 물들일 때
초록 목덜미와 다홍 가슴으로 발색하는 외로움
청남색 등때기와 홍자색 배때기로 발색하는 그리움
청홍 자웅 아지랭이 진동합니다
나는 바야흐로 몸의 씨앗 당신은 존재의 씨앗
토우의 심장에 숨결을 불어넣는 가루라(迦樓羅)처럼
귓불 지나 유두 지나 소름 돋는 합일의 벼락처럼
당신, 내 몸을 입으시겠어요?
태양이 먼지로 사라질 때까지 벗을 수는 없죠
한 마리 자연 속 한 마리 자연으로
한번, 태어나 볼까요?

고마나루 연가

── 금강시편

연미산 어느 봄날 사랑이 날 찾아왔죠
금비단 강물 건너 산골짜기로
영혼의 돌기들 피어오르던 달밤이었죠
나는 곰 옷 벗고 그이는 사람 옷 벗고
별님의 눈동자로 해님의 심장으로
사랑했죠 사랑했죠 운명이었죠
마음은 달을 품은 항아리처럼 부풀고
뱃살이 트고 이슬 문 열리고 그리고
사람이여, 날 떠나갔죠 떠나가 버렸죠
나는 막 이슬을 통과한 어린애 같아서
등 돌려 떠나는 사랑을 알지 못했죠
순정은 바다로만 향하는 강물 같아서
올봄도 얼음 허물 벗고 부활하고
오래된 미래의 그대에게 흐르고 있죠

청벽산을 오르며
— 금강시편

백여 길 벼랑길 홀로 올라가요
옻 타는 몸으로
옻나무들 즐비한 벼랑길 청벽길
기어 올라가요
불현듯 어둠이 내려앉을 것 같아
목숨 몰아쉬며 올라가요
석양 아래 이 초록별에서
가장 어여쁘고 친밀했던
어머니 천 개의 물방울 유두
하늘도 눈시울 붉히는 금비단 젖줄
물고 빨러 가요
청벽, 그곳에 닿기만 닿으면
유역의 살붙이 앳된 금돌멩이들도
거기 그대로 살고 있겠지요

낙화암 서정
── 금강시편

금강을 생각하면 낙화암이 떠오른다
낙화암을 생각하노라면 날리는 복사꽃
꽃잎 치마 뒤집어쓴 채 바위 절벽을 날아
여중생 역사 시간 내 가슴에 묻힌 궁녀들

오열하는 석양 아래 귀 기울이면
군인들 말발굽 소리 여인들 단말마 소리
아침 태양 아래 새 소식 펼쳐 들면
미사일 총포 소리 애기들 끝숨 소리

먼 훗날 여중생 낙화암 쉬 뜨지 못하고
은백의 물새들 금강 달밤을 울어 날아도
하루를 험히 살면 한생의 꿈이 험한 거라고
침묵하는 달빛에 파이는 저 바위 그림자

주먹도끼 만드는 사람
— 금강시편

몸돌이 그 사람을 닮았다

둥근 돌 속에 그가 들어 있다

그는 스스로 줄탁하는 사람

오늘도 돌망치 들어올려 제 몸돌을 쫀다

메아리 울려 퍼질 때마다

딱딱한 껍질의 살점들 딱 딱 딱

떨어져 나간다 나간 자리 자리

별들이 석영으로 박혀 반짝이는 안쪽 세계

주먹도끼가 그 사람을 닮았다

능선과 분지를 드러낸

험난하고 아름다운 도구

날마다 갈고 문지르고 지문을 새기면서

앞으로도 천년 세세 그렇게

그이는 제 식구를 부양할 것이다

서랍 속 미리내

우리 집에도 있다
오래된 갈비뼈 사이 흑백 그늘 속
물방울 떨어져 별이끼 자라는 가계의 서랍
마지막 금 한 톨
은 한 잎사귀와 함께
유구한 은유의 첫걸음을 떼는 내가 들어 있다
허름한 장롱 안쪽 내밀한 그곳
금 서랍 은 서랍
출생증명서, 신생아 사진, 첫울음 녹음테이프
햇빛 달빛으로 직조한 금사 은사 처녀포대기
꽃잎 신발
걸음마! 걸음마! 메아리친다
청춘이 버거운 날 몰래 열어 보면
밤중 은하에 놓인 청홍의 징검돌들
있다 내 미리내에도

태양은 금시조처럼

다시, 첫날이에요
마지막 새 발자국마저 말끔히 지워진
썰물의 새벽
화진포 앞바다 검푸른 수막 뚫고 태양이
떠오르네요
파도 소리는 모래알 속으로 한순간에 사라졌습니다

수평선 향해 이마를 세운 검은 절벽
수백 년 바람이 씻어 준 해송 너머
어린 핏덩이 솟아오를 때
어두운 망막 위에
바다가 태양의 금빛 날개를 보여 주네요
금시조 울음소리 텅 빈 해안 가득 울려 퍼집니다

지상의 이슬방울들 까맣게 모르는 채
해가 중천을 가로지르는 동안
뻘뻘거리며, 삐끄덕거리며, 뒤뚱뒤뚱,
우리는 일개미처럼 기계처럼 눈먼 거위처럼 살지요

강화도

죽뻘해안 어디쯤

막막하고 나른하게 다다른 저물녘

바다를 타오르는 피로 물들이며

해가 집니다

깃털구름 띄엄띄엄 석양천에 떠 있는

오늘이 내 생일이에요

석유야 석유야

백악기 양치류 숲속 호수에 몸을 묻은 한 여자
물들지 않는 사랑의 약속 그냥 믿었던 여자
불덩이의 마음 숲덩이의 마음 쩍쩍 갈라져
썩지 못할 쓸쓸함으로 죽어 견딘 그 여자
백만 번째 보름달 떠올라 백만 번째 쓸쓸한 저녁
한 그림자 찾아와 떨구고 간 눈물 한 방울로
억 년 방전된 사랑의 메시지들 다 살아났던 여자
그제야 젖무덤 뱃구릉 동굴 속 아기집 환하게 무너져 내린
그 여자, 나는 호수 아래 진흙 아래 암석층 그 아래
끝내 재가 될 수 없었던 먹벙어리 심장 묻어 줘야지
아교 같은 눈물과 상한 심장이 뒤엉긴 흑흑색 유동체
공기로 덮고 암석으로 덮고 진흙으로 덥고 입 다물어야지
사랑이 부차물이었던 중생대 백악기 가여운 당신
그 여자 되살려 매매하고 싶은 바로 당신
모래 수풀 헤치고 굴착기로 관정을 박아 펌프질하네
구름 밀치고 하늘을 들이받으며 솟구치는 여자
오뉴월 서릿발로 포성을 울리며 타오르는 그 여자
재앙의 붉은 강물 흐르는 사막, 사랑과 분노와 후회의 별
붉은 심장 붉은 심장 붉디붉은 심장들 시커멓게 타네

52

내일은 당신의 유골 단지 불암산에 묻어 주고 침묵해야지
　돌무덤에 석류꽃 피어나 석류알 석류알 다시 열리리라
는 말
　태양은 금구렁이 풀어 밤별은 은실뱀 풀어 종일 전하네
　나는 마치 백악기 사랑의 판타지를 노래하는 듯하네

고래행

그리하여 잠 못 들고 한밤을 뒤척이는 아이야
불면의 심장에서 소금피톨 파동치는 밤중을 건너
부르튼 맨발바닥에서 지느러미 생성하는 새벽을 넘어
푸르름 넘실대는 고래의 바다로 떠나 보거라

안 된다는 말씀도 믿지 말라는 말씀도 믿지 말아라
창조적 생명체의 눈물은 창조적 세계체의 슬픔,
한 인간의 꿈은 한 세상의 염원임을 믿어야 한다

산마을 옛 고래가 육친을 떠나 바다를 찾아갈 때
두려움이 애당초 그 걸음마행을 막을 수 있었겠느냐?

먹구름 너머 태양과 백두대간 너머 태평양은 고전적 미래
교과서로 제본된 네 몫의 신세계를 조밀하게 깨뜨려
울울한 마음에 울울창창 분분한 심중에 창창울울 파도
칠 때
환희가 일상으로 넘실대는 너의 나라를 만나라

그리하여 스스로 새로워지거든 내륙의 아이야

해어진 꼬리지느러미에서 연두 머리 쌍떡잎 밀어 올리고
부글대는 아가미에서 초록줄기 덩굴덩굴 뻗어 올리며
다시 고래의 심장으로 광합성의 꿈을 향하여,

자귀꽃나무가 서 있는 정원

자귀꽃나무 한 그루 뒤뜰에 서서 울고 있다
낙화인 듯 낙루인 듯 눈물 꽃잎 쏟아진다
염천에 뭉게뭉게 구름 피어나는 백년 여름
당신, 왜 그렇게 자꾸만 무덥게 울어요?
창문 안쪽의 여인이 창밖의 여인을 보고 있다

자귀꽃나무 한 그루 뒤뜰에 서서 울고 있다
죽은 자귀꽃나무 한 그루 그 곁에 서 있다
폭염 속 꿈틀꿈틀 구더기들 기어나오는 천년 여름
당신, 왜 그렇게 무덥게 자꾸만 울어요?
창문 안쪽의 여인이 창밖의 여인에게 묻고 있다

그 여름 아버지 없는 아열대의 뒤뜰에서
어린것들은 어미 치맛자락 붙잡고 덩달아 울었다

저물녘, 너도밤나무에게

한 잎이 천 잎 같고 천 잎이 한 잎 같아
울음소리 지축을 흔들어 어질머리 않는 공중
조그만 잎사귀 뒤편에는 조그만 어둠이 살아
해진 날개를 접고 톱니 발톱으로
한 마리 어둠이 천 개의 몸통을 돌려 내려오면
해종일 눈코 뜰 새 없었던
내 머리통은 천 마리 어둠을 끌고 기어 올라간다
맴! 맴! 쓰르람쓰르람 맴! 맴! 쓰르람쓰르람
혼절할 듯 울다 마주친 겹겹 누액의 블랙홀
한 속이 천 속 같고 천 속이 한 속 같아
석양 아래 낙하하는 다갈색 망사 날개의 저녁
가없는 잎사귀 뒤편에는 가없는 어둠이 살아
누군가 하이힐로 밤의 표면을 노크한다

그 사슴소년 이야기
—— 녹야원(鹿野園)에서

마담, 비밀인데요, 제가 유물을 가지고 있어요. 보실래요? 세상에 하나뿐인 보물이에요. 저기 저 유적지를 발굴할 때 슬쩍했죠. 살짝 보세요.

10달러짜리 8달러에 줄게요. 마담, 애기 밴 우리 엄마와 종일 배곯은 동생들이 있어요.

(새끼 밴 암사슴 구하려 목숨 걸었던, 당신은 그 사슴왕이로군요.)

제 눈을 좀 들여다보세요. 마담 뒤쪽에서 발가숭이 애기 안고 젖을 구걸하는 만삭의 엄마가 들어 있죠? 담배를 꼬나물고 저를 꼬나보는 수호신 아빠도 보이죠? 틀림없어요.

이건 진짜배기 유물이에요. 보세요, 당신 닮았죠.

(세 개의 유방이 허물어져 내리는, 나는 그 암사슴이었군요.)

5달러? 땡큐 마담! 그런데 마담, 6달러 주세요. 사라진 젖무덤 하나에 2달러씩 쳐주세요.

　노?

모든 꽃다발 속에는 사슬나비가 산다

그 시신은 꽃다발이었다
옥상 화장터 장작더미 위에 누운 몸
내 아버지 같았다
살이 타고 연골이 타고 불꽃 활활
정강이뼈 들면 정강이꽃 쇄골뼈 들면 쇄골꽃
뼈의 꽃다발
눈 귀 코 혀 손 발 그리고 사랑과 꿈
화염에 지글지글 녹아내리는
꽃다발은 숯다발 숯다발은 잿다발 잿다발은
구름다발
구름 걷힌 밤하늘에 별들 총총 걸어 나올 때
어린 상주가 아버지 골분 수습할 때
백만 마리 형광 나비 날아오르는 환영의 황홀경
그리고, 한 개의 뼈가 남았다
어린 내가 들여다보며 눈물을 뚝뚝 흘리고 있었다
반지 모양의 뼈
탯줄을 자를 때 배꼽 자리에 생겨나 영원히
존재한다는
인도인들은 그 뼈를 나비라고 발음했다

나는 사슴나비를 보았다
꽃다발과 꽃다발을 이어 주고 있었다

람람싸드야헤*

람람싸드야헤! 람람싸드야헤! 람람싸드야헤!
땀이 등줄기를 타고 흘러내리는 여행자의 오후
네 명의 형제들 들것 꽃상여 메고 골목을 달려간다
수백 송이 서광꽃 아래 시신으로 누워 가벼워지는 내 몸
아득히 나를 통과하는 시장통 하늘의 뭉게구름들
아이들 소리 장사꾼들 소리 병든 소 울음소리
나는 지금 어디를 어떻게 지나가고 있는 겁니까

람람싸드야헤! 람람싸드야헤! 람람싸드야헤!
강변 콘크리트 계단에서 시신들 지글지글 타는 노을녘
운구 행렬은 황토색 강물 앞에 나를 내려놓는다
하늘로 향한 앙상한 맨발을 가로지르는 유장한 강물
타다 남은 해골 그루터기들 품에 안은 갠지스 어머니

어머니,
나는 고래 같은 내 아들들 더 키워야 합니다
어머니,
나는 코끼리 같은 내 딸들 더 키워야 합니다

람람싸드야혜! 람람싸드야혜! 람람싸드야혜!

확연한 물방울 유두를 깊숙이 물어라

한 모금의 신으로 죽음을 지나가는 여행자의 안쪽 다

섯어라

홍고추 청솔잎의 금줄을 끊는 새벽을 가라

람람싸드야혜! 람람싸드야혜! 람람싸드야혜!

신들 잡귀들 어슬렁거리는 저물녘 옥상 화장터

나는 장작더미 위에 누워 장작더미를 덮는다

코끼리 날개 좇아 빨빨대던 영욕의 알몸

입 닫은 한 생애 위로 신화 이전의 밤이 밀려온다

장작개비 사이로 보이는 하늘은 모자이크된 별들의 은하

나는 지금 어디로 어떻게 건너가고 있는 겁니까

람람싸드야혜! 람람싸드야혜! 람람싸드야혜!

축축한 시신은 푸시시 보송한 시신은 활활

살이 타고 연골이 타며 벌떡, 일어났다 털썩, 주저앉는

해골들

누런 늑골 열리자 푸른 밤하늘로 어둠이 콸콸 흘러 나

가고

　내 철없는 두개골은 난간 넘어 지붕들 건너뛰어

　데굴데굴데굴데굴 가파른 계단을 굴러 풍덩, 갠지스 어
머니!

　감람나무 그늘 아래 보리수 그늘 아래

　두고 온 새끼들 핥고 빨며 나는 더 살고 싶어요!

　람람싸드야헤! 람람싸드야헤! 람람싸드야헤!

　확연한 물방울 유두를 깊숙이 물어라

　한 모금의 신으로 죽음을 지나가는 여행자의 안쪽을 다
씻어라

　홍고추 청솔잎의 금줄을 끊는 새벽을 가라

　람람싸드야헤! 람람싸드야헤! 람람싸드야헤!

　꽃불의 몸 불꽃의 마음

　가차없이 재로 수습되는 푸르스름 꼭두새벽

　촛불 밝힌 풀잎 꽃배들 붉은 강물을 건너간다

반 남은 생수병에 신을 채우고 돌아서는 여행자 등 뒤로
어둠은 또 사라지고 여명은 또 밝아 오고
늙은 걸인들 시장통 공터를 쓸고 단정히 도열해 앉으시고
세수하고 머리 빗은 아이들 등짝보다 큰 책가방을 메고
커다란 학교 속 조그만 학교로 공부하러 가신다

람람싸드야헤! 람람싸드야헤! 람람싸드야헤!

---

* '신은 알고 계신다'라는 뜻으로 바라나시에서 시신을 운구할 때 구령처
럼 외치는 말.

흑광, 호루겔 피아노에게

호루겔!
약속의 벚꽃달밤 백 번은 왕래한 것 같다
입 꽉 닫은 나의 예스러운 악기
야속함과 그리움의 애연을 품고
너는 소녀의 기도 잠잠 수호하는 옛 소년 같다
초생에서 초생까지
입에서 입으로 수혈하던 햇포도주 향기처럼
햇빛과 달빛과 이슬로 익힌 첫사랑의 악곡
골간에 새겨 놓고 내내 기다리는 옛 연인 같다
흑광, 호루겔!
너의 침묵은 묵을수록 내 독백의 보석을 슬어도
너의 심장을 두드릴 손의 불안과 손가락의 떨림은
덮개 밖에서만 진동한다
호루겔!
암묵의 비유로만 말하는 나의 지극한 악기
초생이 이울어도 초생의 절대 음원
겨울도 끝자락 해토머리에 물오름바람 불어온다
백한 번째 벚꽃달밤이 오고 있다

즐거운 프랙탈

잎맥 따라 달리다 보면 손금이 떠올라, 손금 따라 달리다 보면 혈관이 떠올라, 혈관 따라 달리다 보면 바닷말, 바닷말 따라 달리다 보면 파도, 파도 따라 달리다 보면 피오르드, 피오르드 따라 달리다 보면 실크로드, 실크로드 따라 달리다 보면 낙타, 낙타 따라 달리다 보면 모래 능선, 능선 따라 달리다 보면 바람, 바람 따라 달리다 보면 별자리, 별자리 따라 달리다 보면 은하, 은하 따라 달리다 보면 사랑, 사랑 따라 달리다 보면 으앙! 으앙 따라 달리다 보면 호호, 호호 따라 달리다 보면 백발, 백발 따라 달리다 보면 망각, 망각 따라 달리다 보면 달리다 보면, 보면, 관다발을 맴돌던 나뭇잎 속 질주, 하악 하악 허억 허억 노올고 도올고

소동파의 돌

심심한 오후
소동파의
돌을
생각합니다
동파는 애들에게
떡을 주었지요
애들은 물속으로 들어가
돌을 찾았어요
동파는 늙은 손바닥에
어린 눈에 아름다운 돌,
바로 그 돌들을 올려놓고
만지작거리며
놀았답니다
놀다가 시 한 줄을 얻기도 했지요
심심한 오후
아파트 베란다에서
내려다봅니다
경비원 아저씨는 장부를 옆구리에 끼고
일없이

주차장을 어슬렁거리고 있어요

자동차 유리마다

뭉게구름들도 뭉게뭉게

여태

놀고 있어요

세멜레의 창작

한 여인이 신을 낳았다
요정이 아니라 여신이 아니라 여인이
신을 낳았다
번개와 독수리의 하늘을 불러들여
굉음과 섬광의 궁륭에서
사랑과 질투의 도회지에서
비커와 샬레의 실험실에서
바람과 햇살의 하모니를 밟고 넘어가는 열애의 밤
횃불을 치켜들고 깃털펜을 흔들며
인식의 북을 치는 엑스터시의 밤
은산철벽을 허물어
살갗 뚫고 갑옷 찢으며 뿜어내는 애신의 광휘에
혼신으로 재가 된 사랑의 끝
한 여인이 잿무덤 속에 신을 낳았다
비련의 세멜레 애련의 세멜레 시인의 어머니 세멜레
당신은 신을 창작했다 그리고
신이 되었다
올여름 내내 하늘에서 불볕 바람 불어온다
몸속 진액을 말리며 온다

오라!
나를 살라 재가 될 사랑아
불멸의 몇 줄 잉태해야겠다.

주

술아 술술 예술을 주라, 나를 내어 줄게 예술을 주라, 날배추가 왕소금에 몸을 내주듯 순무가 소금물에 마음 내주듯 통째로 내어 줄게 예술을 주라, 재잘재잘 조잘조잘 다 보내 버리고, 상한 속 끓는 속물 다 토해 버리고 무덤 덤 끔벅끔벅 숨죽을게, 영혼의 지성소에 촛불 밝혀 불꽃처럼 꽃불처럼 나를 사를게, 술술술 예술을 주라, 술자리 사라져 술병좌 떠올라 물질의 속삭임이 사랑으로 올 때까지, 사랑의 속삭임이 문장으로 올 때까지, 독한 너를 받아 순하게 모실게, 술아술아 접속 술아 예술을 주라, 안 주기만 해 봐라 싹둑, 끊어 버리지.

길돌을 놓으며

길돌을 놓는 일은
돌들의 중심으로 들어가는 일
생김새 따라 마음새 따라
밑자리를 보는 일
무릎 구부려 눈 맞추며 해종일
길돌을 놓는 일은
보도블록이나 아스팔트를 까는 일과는 매우
다른 일
종달새 진달래 굼벵이 함께
길과 돌과 길돌의 생애를 그려 보며
돌길을 짓는 일
큰놈 작은놈 모난놈 둥근놈 반듯한놈 일그러진놈
그 모오든 녀석들 꿈꾸는 대로
놓아두는 일
무릇 시인의 밤 문장처럼
짓다 보면 허물 벗겨지고 여리생생
중심에서 박석 위로
새살도 번쩍 돋는 일

폐선처리반원들

재활용?

재생?

판단은 염결하며 작업은 미려하다

폐선보다 오래 살아온 듯한 폐선처리반원들

팔뚝보다 굵은 연민의 와이어로 노구를 끌어올린다

해안선을 넘은 화물선 한 구

욕망의 적재물들 온데간데없다

파랑에 피어나던 생의 황금기는 처음부터 없었다는 듯

대양의 금빛 햇살들 다 사라졌다

걸쭉해진 폐혈 들통에 받아내고

흘수선 아래 쭈그러든 하부 장기는 들어낸다

볼트와 너트를 뒤덮은 녹 딱지 해머와 끌로 떼어 내

연골이 뭉개진 관절들 부드럽게 풀어 준다

폐선, 한 몸뚱이를

고철과 포금의 생애로 해체하는 일

재활용될 포금에게도 재생될 고철에게도

고이 신생을 준비해 주는 일

폐선처리반원들은 수작업으로만 업무를 수행한다

(머잖아 나에게도 그럴 것이다)

스스로 지은 업의 질량에 따라 분류된 저 골편들
각각 다른 덤프트럭에 실려 어디로 떠나가는 걸까
지난여름
하늘로 인양된 우리 술고래 큰오라버니는
어느 어느 별에 무엇 무엇 무엇으로 부려졌을까
태양이 서해로 기울어 고래 구름 붉어지는 저녁
지상에 유폐된 폐선처리반원들
오늘도 무사히 보내 주었노라고
당신의 일당을 받았노라고
이슬 그득한 소주잔 머리 위로 들어올린다
어깻죽지에 날갯죽지가 얼핏얼핏

재생 중?

모자(母子)
── 마야부인의 마음으로

아가야,

수태 염원 하늘에 닿아 금빛 달무리 지던 밤

은백색 코끼리 한 마리 구만 리 월광을 날아 내게로 왔다

세상으로 향한 엄니는 희고 단단하고

회임의 새벽을 알리는 날갯짓은 부드러웠지

코끼리 발바닥 지모신의 품에 안착할 때

아득히 생의 거대한 톱니바퀴 맞물려 돌아가기 시작할 때

나는 먼 훗날의 흙알갱이와 물방울과 불꽃송이와 바람 타래를 보았다

지고한 엄니는 늑골을 열고 지순한 날개는 늑막을 찢어 영몽의 은백색 코끼리 내 안으로 들어섰지

처녀 모태에 백화만발 천리향 만리향 밀원이 발생

마음은 눈부신 통증의 오색 이슬방울을 발밑에 깔아 드리고 모체는 문을 닫았지

여인이, 첫배로 낳는 아기는 창세기 어미의 창조물

아가야,

사월 살라나무 잎사귀마다 햇살 산란하던 아침

살라나무가 부드럽고 강건한 팔을 휘어 내 손 잡아 주었다

　나는 너를 향하고 너는 세상을 향하여 이슬을 털며

　홀로 떼어 놓던, 호오

　갓난이 발자국마다 꽃발자국이요 말씀마다 꽃말씀이었구나

　비의 나라 조앙신은 정다운 마음의 구슬비와 냉엄한 정신의 이슬비로 몸을 씻어 주시고

　태양 나라 조앙신은 햇살 요람과 바람 금침으로 받아 주셨다

　살라나무 그늘 아래 해산터에서는

　옥빛 샘물 솟아올라 내와 강과 바다의 영혼을 다 비추었지

　땅속 물방울이 물을 만나는 광경이었다

　어머니,

　나는 피 묻은 검불 날리는 빈 들판을 보았습니다

　비루먹은 들개들 어슬렁거리는 허허벌판을 보았습니다

　까마귀 떼 날고 넝마 조각 흩날리는 희뿌연 공중을 보았습니다

나뭇가지에 매달려 짐승처럼 울부짖는 여인을 보았습니다
엉긴 피 말라붙은 여인의 아랫도리를 눈감고 보았습니다
돌멩이 움켜쥔 채 부릅뜬 주먹을
뼈와 뼈가 판과 판이 뒤틀리는 고통의 단애를
고름 든 구름덩이 가없는 눈동자 속을 흘러가는 고애를
나는 보았습니다

아가야,
우리는 한통속의 꿈속에서 다른 꿈을 보았구나
어미는 어미의 꿈결을 아들은 아들의 꿈결을 살아가겠
구나
사랑국의 슬픈 어미는 허무국의 괴로운 아들에게
열대어 파닥이는 초유를 물리는구나
거대한 허와 무의 나라 저 너머엔 언제나 꽃피고 새 우
는 길고 창연한 진통의 골짜기가 있어,
허무를 낳아 씻기고 입히고 젖 물려 살리는 세월이구나
아침노을과 저녁노을로 한 세계를 붉히면서,

그대, 내 사랑, 아가야!

마즐량 해협의 아이

원래 아이의 고향은 거인들의 대륙이었다

아버지 이름은 그린 스피리투스 어머니는 브라운 버진스
마을 사람들은 태양과 샘물과 조상에게 제사를 지냈다
큰 귀신 세태보와 작은 귀신 울래보를 두려워하며
남자들은 여자와 아이를 여자들은 남자와 아이를 마냥
사랑했다

그날 저녁
아버지는 사냥감 노루와 장미 노을을 무등 태우고
홍문에서 끌어올린 목청으로 호른 소리를 내며 돌아왔다
어머니는 눈동자에 장밋빛 노루를 받아 담고
돌칼로 갈무리하고 불에 익혀 행복을 양육했다
아이는 귀신도 밤하늘도 무섭지 않았다

그런데, 왜 그랬을까?
그날 밤 아버지의 천둥소리와 어머니의 번개 불빛이 작
렬했다
잠든 아이의 등허리 아래 요람이 솟구치며 무너져내렸다

미움의 해류가 밀려들어 사랑의 대륙을 가르는 건 순식간

물구덩이 해협에 빠진 아이는 악다구니하며 발버둥 치며 울었다

폭풍과 풍랑을 일으켜 물벽을 세우며 울었다

흐느낄 때엔 심연이 거대한 애벌레처럼 꿈틀거렸다

대륙의 거인 할아버지가 해협의 거인 아이에게 제사를 올렸으나

결코 결단코 눈 맞추지 않는

어린 마음의 치유는 일생이 모자라는 듯했다

그런데, 어쩌자고, 왜 그랬을까?

그날 밤 해류를 타고 귀신들이 몰려왔다

불총과 철십자가를 든 수백 명의 세태보와 울래보

가장 무시무시한 세태보의 이름은 마왕 마즐량이라고 불렸다

아이는 모든 게 제 울음 탓인 양 꼼짝할 수 없었다

수많은 거인들 철십자가에 입 맞추고 돌아와 샘물에 입을 씻었다

해협 이편의 아버지도 저편의 어머니도 입을 씻었다

그 귀신들
거인국 식민의 키스로 배를 채우고 돌아갈 때
아버지 그린 스피리투스는 마왕의 기념품으로 끌려갔다
그들이 퍼뜨리고 간 검붉은 열꽃과 연주창은
엄마, 엄마, 브라운 버진스와 움츠린 거인들 다 잡아먹었다
아이는 다시 아빠, 아빠, 악다구니하며 발버둥 치며 울었다
해협에 안개 돌풍 불고 암초들 솟구치고 급살류 들이칠 때,

천신만고 해협을 벗어난 몇몇 마즐량의 귀신들
너울 바다 바라보며 뱃전에 주저앉아 애들처럼 울었다
오아시스 없는 사막인 듯 섬 하나 없는 대양을 항해하
는 동안
쥐와 벌레와 너덜너덜 해진 식민의 가죽 깃발을 씹으며
연명했다
이 무렵 그린 스피리투스도 해체되었다

신기루처럼
어느 새벽 날개 달린 아이들의 섬이 있었다

그 귀신들 다시 철십자가와 불총을 앞세웠다
날아다니는 아이들의 향목 화살과 향목 칼에 무너져
준엄한 하늘 갯벌에 퍼지른 마왕의 물질로
빙무 같은 큰귀신은하가 생겨날 때까지 그들은
그러했다
아이는 아직도 꿈틀꿈틀 울고 있었다

그런데, 왜 그랬을까?
어느 맑고 깊고 남빛 푸른 밤 그 귀신은하
큰 마즐랑 은하와 작은 마즐랑 은하로 쩌억 갈라져 있
었다
둘 사이에는 무량한 시공이 묵묵 들어차 있었다
마음은 하늘에서도 어린 아이에게로 기울어
대륙에는 스피리투스와 버진스의 장미 노을 다시 피어
났으나
아가야, 아가야, 바람 소리만 가뭇없이 울려 퍼졌다

응고되기 전 금강석을 수면에 풀어놓은 듯
해체되기 전 금강 가족을 대륙에 풀어놓은 듯

그 해협에는 장엄하게 눈부신 금빛 햇살 찬란하였으나
심연의 어둠 속에 틀어박혀 빗장을 건 듯
아이는 더 이상 아무 이름도 부르지 않았다

인간의 역사는 그 해협을 대탐험가 마즐랑의 해협이라
부른다
세태보와 올래보의 후예들 지금도 그곳을 슬슬 피해 다
닌다

하양알 애송송

우리 고조할머니 무덤은 백년 묵은 불개미 형국
곰송 한 그루 벌겋게 죽어 있는 휘휘한 묘라네
곰송 뿌리 자리는 고조할머니 뼈 자리
고조할머니 뼈 자리는 증조할머니 꿈자리
싯푸른 손자들 몰려가 죽은 나무 밑둥치를 부러뜨렸네
아뿔싸! 불개미 떼 생목숨들 혼비백산 우왕좌왕!
아흔아홉 칸 방 들여 수수백만 알 슬어 살고 있었네
우리들 쓸쓸함은 쓸쓸함이자 쓸쓸함이 아닌 듯했네
해거름 석양천 아래 독주 한잔 올리는 독대의 순간
고조할머니 골반쯤에 둥지 튼 곰솔 씨앗들 곰솔곰솔
솔 순 밀어 올려 솔뿌리 밀어 내려 되살아나는
애송송! 죽음에 의한 죽음을 위한 어여쁜 애송송!
우리들 적막함은 적막함이자 적막함이 아닌 듯했네
바야흐로 나는 미안하고 미안하여 말씀드렸네
고조할머니, 저요, 생기는 대로 다 낳을래요
석양이 길게 내려와 하양알 속 애기들 비추고 있었네

신을 낳는 여인들

우주를 한 바퀴 돌아와 원점에 서서
저 은발의 여인은 말한다,
꿈과 사랑의 기억으로.

애당초
여인은 신을 낳으려 이 초록별에 있었나 보아

동굴 속 돌 속 조가비 속
꿈의 안쪽에 스스로 있어 반짝반짝
쑥 씹고 마늘 삼키며 속살속살
바람과 햇살과 비를 불러들일 줄 알았던 게야
몸 밖에서 몸 안으로 말이야

신은 몸으로 오기 전 꿈길로 먼저 찾아오시지
연분홍 주먹질 꽃분홍 발길질로 마음 전하시지
여인은 사랑과 꿈의 별에 갇혀 꼼짝 못 하지

비몽사몽 비애사애
뼈를 우그러뜨리고 피를 쏟고 하늘색을 노랗게 뒤집고

여인이 낳은 모든 신생아는 여인의 신

태어나지 못한 모든 태아는 거대한 슬픔의 신

신이 콜록콜록 하면 여인의 가슴은 뜨끔뜨끔 하고
신이 쿨룩쿨룩 하면 여인의 가슴은 철렁철렁 하고

자연스럽게
여인은 신의 생모, 조그만 하느님이 되었던 게야

애당초
여인은 바람과 햇살과 비와 한통속이었던가 보아

안개의 페이지

아무래도 자욱한 일인 듯해요
저녁 강물 위에 대지의 숨결이 포개질 때
시야를 가리며 피어나는 물안개처럼요
오늘 아침 시원의 강변에 서 있었죠
결국 생애의 경전 육십갑자를 완독했으니까요
안개는 애초의 슬픔을 사랑이 감쌀 때
눈물샘에서 솟구치는 치유의 백혈구들 같았죠
검불 같은 사연들 뽀얗게 지워진 강 마을
안개는, 세 그루 안개나무를 보여 주었습니다
망각이거나 추억이거나 기억이거나
나는, 원근이 동체인 한 그루 안개나무를 보았죠
아무래도 안개 나라의 의식인 듯해요
밤낮이 낮밤으로 건너가기 전 잠시
찾아오는 위무처럼
나에게로 건너가는 절정에 안개의 페이지는 있죠
비유에 비유를 포개는 비적(飛跡)을 따라
백로 한 마리 안개 속 강골짜기를 날아가요
내 두 팔을 저어요 자욱자욱

뿌리 해변에서

어둠이 있어요.
어둠만 있어요.

아마 내가 죽었나 봐요.

물소리가 있어요.
물소리만 있어요.

아무래도 내가 죽었나 봐요.

질문도 없이 꽃배가 있어요.
대답도 없이 꽃배만 있어요.

이 배로써 저 배로*
다녀올게요.

* 가수 오혁재의 노래 「명수와 함께」의 가사 차용.

생물과 물리의 시어

김영임(문학평론가)

> 작아질 수 있다는 것-우리는 꽃, 풀 그리고 나비와
> 도 가까이해야 한다. 마치 그것들보다 그렇게 많이 크
> 지 않은 어린아이들이 그러한 것처럼. 우리 나이 든 사
> 람들은 어린아이들과 반대로 그들보다 너무 많이 커 버
> 렸기 때문에 그들에게로 몸을 낮추지 않으면 안 된다:
> <u>만약 우리가 우리의 사랑을 풀에게 고백한다면, 풀은</u>
> <u>우리를 미워할 것이라고 나는 생각한다.</u> ── 모든 선한
> 일에 관계하기를 원하는 사람은 때로 작아질 줄도 알
> 아야만 한다.
>
> ── 프리드리히 니체(밑줄은 필자의 강조)

풀은 우리를 사랑할까

니체는 왜 풀을 향한 인간의 사랑 고백에 풀이 질색할
것이라 생각했을까? 『인간적인 너무나 인간적인』에 실린 저
글은 '작아지는 것'과 '선함'의 이야기이면서도 (동)식물과
의 소통을 말하고 있기도 하다. 식물의 존재론을 다룬 마이
클 마더(Michael Marder)의 『식물 생각하기(Plant-Thinking)』
의 한 리뷰에서 저 짧은 글을 읽은 후부터 앞의 질문이 계

속 마음에 남아 있다. 니체처럼 풀과 눈을 맞추기 위해 몸을 낮춰 작아진다는 것은 어떤 의미일까. 생태계의 상위 포식자인 인간이 먹이사슬의 사다리에서 내려와 식물의 자리로 몸소 임하는 것인가. 아마도 이런 설정은 식물이 인간과의 관계에서 동등한 수준 아래로 전락하게 되는 느낌이다. "동정을 표시하는 것은 경멸의 표시"라고 했던 니체라면 이런 광경을 상상하지는 않았을 것이다.

"어린아이들이 그러한 것처럼"은 이런 것이 아닐까. 어른의 기호를 다 이해하지 못할 때 아이는 어른의 신체에서 발산되는 다양한 징후들을 통해 그 존재를 이해한다. 풀의 소리 없음 속에서도 아이는 우리가 알지 못하는 방식으로 풀에 다가가는 길을 알고 있을지 모른다. 의외의 전문가일 수 있는 아이는 어른에게 익숙한 길과 전혀 다른 사잇길을 따라 자연에 더 가까이 서 있다. 식물에게로 몸을 낮춰 사랑을 고백하려면 관념과 이성의 언어 대신 식물의 언어에 가닿을 '다른 길'을 찾아 나서야 한다.

앞에서 언급했던 마더는 식물이 현대철학 안에서 진정한 사유의 대상이 되었던 적이 있었던가라는 질문을 우리에게 던진다. 먹고 마시고 숨 쉬는 인간의 일상을 가능하게 하는 근원에 식물이 자리하고 있음에도 불구하고 우리는 식물을 너무나도 당연한 것으로 여겨 왔다. 인간의 사유에 등장한다고 해도 식물은 기껏 인간의 행위와 관심사를 강화하기 위한 은유로 사용된 것이 대부분이다.*

한국 시에서 식물을 다루어 왔던 방식도 마더가 지적한 것과 크게 다르지 않았다. 시에 등장하는 식물은 시인의 관념이나 정감을 형상화하는 은유적 대상으로 사용되어 왔다. 고전문학의 시가에 자주 등장했던 매난국죽(梅蘭菊竹)이 그랬고, 청록파 시인들의 도라지꽃, 수선화, 난초들이 그러하였다. "식물의 신체는 외부적 전용에 맡겨져 있기 때문에 베이고 뽑히고 도태될 경우에만 활기를 띠"**는 것처럼 식물은 시와 시인을 위해 전용되며 정작 식물 자신에게 속해 있지 않다.

여성 시인들이 식물(자연)을 노래하는 방식은 이와 다르게 읽힐 지점이 있다. 1990년대에 들어서면서 한국 여성 시인들의 언어 안에서 자연은 기존 남성 시인의 작품과는 다른 성격으로 등장한다. 남성 언어로 구현된 근대의 장에서 소외된 여성의 목소리는 자연의 모습으로 또는 자연과 결합하면서 시적 언어 안에 독특한 공간을 만들어 냈다.

조명 시인의 시 역시 이런 계보 아래에 있다고 해도 크게 틀린 접근은 아닐 것이다. 첫 시집의 「여왕코끼리의 힘」***

---

* Dominic Pettman, "The Noble Cabbage: Michael Marder's "Plant-Thinking"", Los Angeles Review of Books, 2013, July 28.
   https://lareviewofbooks.org/article/the-noble-cabbage-michael-marders-plant-thinking

** 루스 이리가레·마이클 마더, 이명호·김지은 옮김, 『식물의 사유』(알렙, 2020), 195쪽.

*** 조명, 『여왕코끼리의 힘』(민음사, 2008).

에서 모성과 결합한 "커다란 몸뚱이"의 초식동물은 "종족
보존, 그 운명적 목표를 위한 젓샘"에 도달하는 길을 위엄
과 사랑으로 이끌고 있다. 조명의 시 안에서 자연과 식물
은 단순한 관념과 정서의 기표로 사용되는 것이 아니라,
내재된 에너지의 흐름을 따라 꿈틀거리며 열정과 관능을
담은 이미지로 다가온다. 이번 시집 『내 몸을 입으시겠어
요?』에 자주 등장하는 식물은 인간과 동물에 밀려 '타자'
의 자리도 부여받기 힘들었던 존재가 아닌, 대등한 '타자'
로, 가끔은 '주체'로 자리하면서 그들이 이루고 있을 또 다
른 세계를 상상하게 한다.

식물 세계로 들어간다는 것은 내면성으로 후퇴해 들어
가는 것이 아니다. 우리가 식물의 세계 안에서 식물들, 원
소들, 새로운 에너지들을 온전히 드러내는 일은 우리 자신
을 온전히 드러내는 것과 이어진다.* 자연의 세계가 전달
하는 비음성적 언어를 순전한 인간의 메타포로 번역하지
않으면서도 인간의 열림을 추동하고 모계 서사를 이어가는
도정에 조명의 시적 언어가 자리한다.

* 루스 이리가레·마이클 마더, 앞의 책, 186~187쪽 참조.

"허무" 대신 "생물"

「그류」라는 작품은 조명 시인의 시가 "허무"와 "고독"이 아닌 "생물"과 "물리"를 지향하고 있음을 밝히는 일종의 메타시 역할을 하고 있다.

여자의 부류는 남류와 다른 사랑의 부류유
고독한 태양풍 남류라믄 모를까
슬픔이라믄 또 모를까
달 건너편 강마을 산수유나무 여류가
허무는 무슨 허무를 노래하겄어유

어스름 달무리 유두루 밀려드는 달밤에유
공룡 알 줄금 가듯 뱃거죽 트며 솟아오르는 환희 보셨슈?
새끼 낳아 젖 물려 본 여류가
고독은 또 무슨 고독을 노래하겄어유

그류
여자의 부류는 남류와 다른 사랑의 부류유
철과 공이 아니라 생물과 물리란 말이쥬
놀이 삼아서유
허무해 고독해 바람의 메시지 한번 날려 보실 텨유?
사랑해 슬퍼 속상해 아퍼 액정 암벽에서 바루 메아리치쥬

—「그류」에서

시적 화자는 "달 건너편 강마을 산수유나무"로 현현(顯現)한 "여자의 부류"다. 이 "여류"에게 사랑은 "철과 공이 아니라 생물과 물리"이다. '철'이 가진 여러 개의 의미 중에서 사랑이라는 감정과 연관을 짓자면 '사물이나 현상에 대한 판단력'을 말할 가능성이 높다. '공'은 아마도 空, void를 의미할 것 같다. 그런 해석 아래 남류의 사랑이 철과 공이라면 여류의 사랑은 생물과 물리다. 이성에 의해 판단되는 것이 아니라 살아 있음이며, 비어 있음이 아니라 실체를 가진 '물(物)'이 여류의 사랑이다. 사랑은 "어스름 달무리 유두루 밀려드는 달밤"에 "공룡 알 줄금 가듯 뱃거죽 트며 솟아오르는 환희"를 가져오는 생명의 배태다. 마치 임산부의 튼 배와 같은 무늬를 새긴 산수유나무 둥치는 여류의 잉태를 고스란히 드러내며 "액정 암벽"에서 허무와 고독의 메시지를 "사랑해 슬퍼 속상해 아퍼"와 같은 생생한 언어로 반사해 낸다. "새끼 낳아 젖 물려 본 여류"에게 허무와 고독의 언어로 채워지는 사랑은 자리할 곳이 없다. 「그류」는 남성의 관념과 허무를 식물과 여성의 몸으로 넘어서고자 한다.

여성 화자와 식물이 「그류」 안에서는 공존하고 있었다면 「칸나」의 주인공은 식물이라고 할 수 있다. 하지만 식물은 시적 화자와의 동일성 안에 갇히는 대상에 머무르지 않고 시를 장악하는 강렬한 이미지를 통해 물질적 언어를 획득한다.

머리가 꽃이다

고요를 사르는 불볕 속

한 떨기 꽃이 머리다

꽃얼굴 빨갛다

아무래도 나에게 다 말해 주지 않은 것이다

정오의 태양 아래

풀치마폭 안으로 몸 오그려 숨어드는 이

태양이 기울어 멀어질 때

뉘엿뉘엿 기어 나와 당신 뒤편으로 길게 드러눕는

꽃동물 같았다

꽃귀신들린 꽃은 꽃그림자도 꽃이라서

나도 다 말해 주지는 못할 것이다

몸소 타올라 전할 뿐

태양이 저녁을 내려놓고 새벽을 찾아가고 있다

저마다의 알뿌리 속으로 기어든다

—「칸나」에서

    칸나의 언어를 우리는 어떻게 들을 수 있을까. 발터 벤야민의 말처럼 "사물의 언어를 인간의 언어로 번역하는 일은 무언의 것을 음성으로 번역하는 일"*이다. 태양의 변화

---

* 발터 벤야민, 최성만 옮김, 『언어 일반과 인간의 언어에 대하여』(길, 2008), 87쪽.

를 따라 느리게 모습을 바꾸는 칸나의 잎과 꽃이 만드는 연속적 이미지 또는 바람의 움직임에 흔들리는 가냘픈 떨림 등은 그것을 바라보고 있는 인간의 언어로 번역된다. 하지만 그 과정이 완벽하고 투명한 해독은 될 수는 없다. "사물의 존재 안에 있는 무언의 말"은 "인간의 인식 안에 있는 명명적 말 아래 무한히 멀리 떨어져 있"*다. 그 '떨어져 있음'을 무시하고 인간의 인식 안에서 일방적 동일성을 가장하는 언어는 식물의 타자성을 인정하지 않는다.

"고요를 사르는 불볕 속/ 한 떨기 꽃이 머리"인 칸나의 소리 없는 언어를 앞에 둔 시적 화자는 칸나의 타자성을 그대로 인정한다. 칸나는 잎의 키를 훌쩍 넘어 불볕을 향해 수직으로 상승하는 머리 같기도 했다가, "풀치마폭 안으로 몸 오그려 숨어"들기도 했다가 지는 해에 길게 드러눕는 "꽃동물"같은 "꽃그림자"로 자신의 존재를 드러낸다. 시적 화자는 칸나를 인간의 관념을 은유하는 단일한 언어 안에 가두는 대신 식물의 변화를 움직임의 언어로 쫓아갈 뿐이다. "아무래도 나에게 다 말해 주지 않은 것"이며 "나도 다 말해 주지는 못할 것"이라는 화자의 독백은 '칸나'와 '나' 사이에 시공간의 침묵을 남겨 놓으면서 각자의 경계를 지킨다. "몸소 타올라 전할 뿐"이며 새벽이 오면 그저 "저마다의 알뿌리 속으로 기어"들 뿐이다. 이 침묵이 만드는

* 발터 벤야민, 위의 책, 88쪽.

이격의 공간은 무관심이나 단절의 성질로 채워져 있는 것이 아니다. "침묵은 지배나 종속 없이 더불어-존재하는 일(being-with)에 핵심적"이며 "차이 속에 공존할 수 있는 최초의 장소"*다. 이것은 "다른 세계에서 유래하는 다수의 의미들이 증식하는 것"을 인정하는 것이며 "소통될 수 없는 타자성을 존중하면서 경청과 불개입 사이에서 균형을 유지"**하려는 또 하나의 윤리적 자세와도 이어질 수 있다.

"가장 살아 있지 않은 존재들" ── 식물과 여성의 서사

동물 또는 사물까지로 확장되는 비인간 주체에 관한 논의들이 함께 묶일 수 있는 포스트휴머니즘 안에서도 식물이 적극적인 사유의 대상이 될 수 없었던 것에 대해 마이클 마더는 다음과 같이 말한다. 식물은 "자기 부정, 의지, 주체성의 흔적을 거의 갖고 있지 않"는 것으로 이해되면서 "모든 피조물 중에서 가장 살아 있지 않는 존재"들로 취급받기 때문이다. "자기 소유 능력이 없거나 그럴 가치가 없는, 그리하여 타자들에게 전용되기 쉬운 존재"***로 이해되

* 루스 이리가레·마이클 마더, 앞의 책, 88쪽.
** 위의 책, 178쪽.
*** 위의 책, 193쪽.

는 것은 비단 식물만이 아니다. 여성, 노동자, 동물, 식물은 차이의 정도가 있을 수 있지만 같은 목록에 올라 있다고 할 수 있다. 따라서 식물의 세계가 가지는 실존성의 가치를 발견하는 일은 같은 목록에 적힌 다른 존재들의 이해를 달리할 수 있는 것과 연결되어 있다.

「목단꽃 전사」에서 꽃과 겹쳐 서술되어 있는 여성을 읽어 보자.

할례를 마치고 솟구친 붉은머리꽃이여
돌창을 들어 맹수를 쫓던 여인들의 후예여
그대는 뿌리 속 어머니들이 수백 밤 벼린
첫 암술을 밀어 올려 꽃피었네

뿌리골무여인이 피워 올린 꽃목단이여
별나비와 태양나비를 동무 삼던 붉디붉은 꽃이여
흰머리독수리 황금갈기사자 블랙재규어와도 겨룰 줄 아는
그대는 꽃 중의 꽃 전사 중의 전사였구려

절연의 유월은 와서
낙화의 초여름은 오고야 말아서

붉은머리전사와 뿌리골무여인이 작별을 고하는 날
나는 반흑반백의 모발 귓바퀴 뒤편으로 쓸어넘기며

목단만 두고 꽃씨도 없이 영영 떠나가려오

　　　　　　　　　　　　　　　　　　—「목단꽃 전사」

　시는 "할례"로 시작한다. 잘 알려진 것처럼 아프리카와 일부 다른 지역에서 여전히 행해지고 있는 (여성)할례는 여성 인권의 문제와 관련해서 세계적으로 큰 비난을 받고 있다. 할례와 관련된 담론에서 여성은 공동체의 관습에 저항하지 못한 채 오랜 악습에 희생되고 있는 '하나의 여성'으로 언어화된다. '의지, 주체성의 흔적'이 없이 담론화되는 여성은 무기력한 식물과 다르지 않다. 「목단꽃 전사」에서 여성과 식물은 '가장 살아 있지 않은 존재'에서 "붉은머리 전사"로 날아오른다.

　꽃잎들을 하나의 점으로 끌어당기던 봉오리의 장력이 끊어지는 순간, '할례'의 고통이 끝난 직후처럼 목단꽃은 갑작스러운 "붉은머리꽃"으로 피어난다. 마더는 인간처럼 의식적으로 세상을 경험하지 않는다고 해서, 식물이 철학적인 또는 윤리적인 방식으로 사고하고 행동하지 않는다고 말할 수 없다는 입장이다.* 마더의 자조적인 말처럼 이런 생각을 가진 사람은 순진한 바보거나 심각한 상황에서 농담을 던지는 사람으로 취급받기에 딱 좋을지도 모른다. 하지만 동물의 행동을 기계와 같은 움직임으로 이해하던 철

* Dominic Pettman, 앞의 책.

학이 포스트휴머니즘의 대세 속에 축소되고 있는 지금, 우리 눈앞에 생명의 증거들을 수도 없이 보여 주는 식물에 대해서는 유독 이런 접근들이 유머가 되는 것 역시 아이러니가 아닌가. "첫 암술을 밀어 올려" 세상에 나온 "붉은머리꽃" 안에 "뿌리 속 어머니들이 수백 밤 벼린" 윤리적 인내가 품어져 있다고 생각하는 것이 메타포라고 여겨지지 않는 이유가 여기에 있다. 두 번째 행에서 '뿌리골무여인'과 '붉디붉은 꽃'은 "돌창을 들어 맹수를 쫓던 여인들의 후예"와 겹쳐진다. 할례를 받아들인 아프리카의 여인들은 '주체성의 흔적'이 지워진 '단일한 여성'이 아니라 오랜 세월 "흰머리독수리 황금갈기사자 블랙재규어와도 겨룰 줄 아는" "꽃 중의 꽃 전사 중의 전사"였다. 시인은 그들의 고통에 대해 말하는 방식 대신 그녀들이 오랜 세월을 인내하면서 딸들을 피워 낸 '전사의 시간'을 읽어 낸다. 세상을 경험하는 방식이 일자의 언어로 수렴하지 않는다고 해서 그 경험 안에 능동적이고 근원적인 윤리가 작동하지 않을 것이라고 쉽게 예단해서는 안 된다. 자신의 끝단까지 첫 암술을 올리기 위해 모든 에너지를 집중하는 뿌리골무는 식물이기도 하면서 동시에 여성이기도 하다.

감각지각의 회복 —— 시의 "비스듬한" 언어

『식물의 사유』의 공저자이기도 한 루이 이리가레는 문화가 자연을 오직 명명, 관념, 효용을 통해서 만나게 만듦으로써 우리의 감각을 단순한 인식의 수단으로 축소시켰다고 지적한다. 감각지각은 차츰 인간의 관념이나 계획에 기대게 되면서 살아 있는 뿌리와 성질로부터 단절된다. 사물에 대한 지각, 특히 생명 존재에 대한 지각은 감각적 자질을 하나의 기호나 명칭으로 대체하지 않으면서 우리의 관심을 단순한 물질적 단계에서 영적 단계로 이끌 수 있게 한다.* 조명의 시어들이 가지고 있는 힘은 이리가레가 지적한 감각지각의 회복과 닿아 있다. 많은 시편에서 대상은 화자의 시선 안에서 정복되거나 융합되지 않으면서 개별 존재가 지닌 자연적 속성에 충실하게 감각되었다. 죽음과 육체의 소멸을 다룬 시편들 역시 이와 다르지 않다. 죽음을 다룬 두 편의 시를 연달아 읽어 보자.

람람싸드야혜! 람람싸드야혜! 람람싸드야혜!
땀이 등줄기를 타고 흘러내리는 여행자의 오후
네 명의 형제들 들것 꽃상여 메고 골목을 달려간다
수백 송이 서광꽃 아래 시신으로 누워 가벼워지는 내 몸

---

* 루스 이리가레·마이클 마더, 앞의 책, 83쪽.

아득히 나를 통과하는 시장통 하늘의 뭉게구름들

아이들 소리 장사꾼들 소리 병든 소 울음소리

나는 지금 어디를 어떻게 지나가고 있는 겁니까

(⋯⋯)

감람나무 그늘 아래 보리수 그늘 아래

두고 온 새끼들 핥고 빨며 나는 더 살고 싶어요!

람람싸드야헤! 람람싸드야헤! 람람싸드야헤!

확연한 물방울 유두를 깊숙이 물어라

　한 모금의 신으로 죽음을 지나가는 여행자의 안쪽을 다 씻

어라

　홍고추 청솔잎의 금줄을 끊는 새벽을 가라

람람싸드야헤! 람람싸드야헤! 람람싸드야헤!

꽃불의 몸 불꽃의 마음

가차없이 재로 수습되는 푸르스름 꼭두새벽

촛불 밝힌 풀잎 꽃배들 붉은 강물을 건너간다

반 남은 생수병에 신을 채우고 돌아서는 여행자 등 뒤로

어둠은 또 사라지고 여명은 또 밝아 오고

늙은 걸인들 시장통 공터를 쓸고 단정히 도열해 앉으시고

세수하고 머리 빗은 아이들 등짝보다 큰 책가방을 메고
커다란 학교 속 조그만 학교로 공부하러 가신다
　　　　　　　　　　　　　—「람람싸드야혜」에서

그 시신은 꽃다발이었다
옥상 화장터 장작더미 위에 누운 몸
내 아버지 같았다
살이 타고 연골이 타고 불꽃 활활
정강이뼈 들면 정강이꽃 쇄골뼈 들면 쇄골꽃
뼈의 꽃다발이었다
(……)
어린 상주가 아버지 골분 수습할 때
백만 마리 형광나비 날아오르는 환영의 황홀경
그리고, 한 개의 뼈가 남았다
어린 내가 들여다보며 눈물을 뚝뚝 흘리고 있었다
반지 모양의 뼈
탯줄을 자를 때 배꼽 자리에 생겨나 영원히
존재한다는
인도인들은 그 뼈를 나비라고 발음했다
나는 사슬나비를 보았다
꽃다발과 꽃다발을 이어 주고 있었다
　　　　—「모든 꽃다발 속에는 사슬나비가 산다」에서

전혀 다른 소재를 다루고 있음에도 첫 시집의 「여왕코끼리의 힘」이 가졌던 역동성과 에너지가 느껴졌던 시가 「람람싸드야헤」였다. 힌두교인에게 죽음의 의례는 사자를 신성한 존재로 거듭나게 하는 의식이다. 노년의 힌두교인들은 성스러운 갠지스강가에서 화장되어 강가(Ganga) 여신의 품으로 돌아가는 것이 가장 큰 염원이다. 그런 의식이 연일 펼쳐지는 갠지스강은 슬픔과 기쁨이, 회한과 축복이 교차하는 영적인 공간일 것이다. 시신을 태우는 장작불과 횃불처럼 타오르는 갠지스강의 노을에 마음을 뺏긴 시적 화자는 시신과 합일되는 경험을 통과하며 타오르고 재로 화하면서 강물에 씻겨가는 과정을 살아있는 육체 안에서 생생하게 감각하게 된다. "어둠은 또 사라지고 여명은 또 밝아오고" "늙은 걸인"과 "아이들"이 하루를 시작하는 것처럼 여행자인 시적 화자는 지난밤의 죽음 의례 후 정화된 존재로 돌아와 "반 남은 생수병에 신을 채우고 돌아"선다.

첫 번째 시에서 시적 화자와 시신의 합일이 이루어졌다면 두 번째 시에서 화자는 어린 상주와 교차된다. "어린 상주가 아버지 골분 수습할 때" 화자는 "백만 마리 형광나비 날아오르는 환영의 황홀경"을 경험한다. 그 순간 화자는 어린 상주의 시선 안으로 들어가서 "뼈의 꽃다발"들을 제하고 "한 개의 뼈"가 남아 있는 것을 지켜본다. "탯줄을 자를 때 배꼽 자리에 생겨나 영원히 존재한다는" "반지 모양의 뼈". 그 사슬나비를 "어린 내가 들여다보며 눈물을 뚝뚝 흘리고 있"는 건 영겁의 시간 동안 그것에 연결되어 있을 수많은 존재들의 무게를 느꼈기 때문이 아닐까. 죽음과 육체의 소멸을 다루고 있음에도 조명의 시는 그 시간과 이어져 있는 산 자의 땀방울과 자연의 에너지 그리고 그것들을 전달하는 생생하고 뚜렷한 색감의 이미지로 넘쳐 난다. 생명을 가진 존재들을 향해 넓고 깊게 열려 있는 시인의 감각은 분명 우리의 관심을 단순한 물질적 단계에서 영적 단계로 이끌고 있다.

"인쇄된 말에서 일어난 것보다 더 많은 것들이 일어나고 있는 침묵과 틈새와 간극"*을 가지고 있는 것이 식물의 세계, 더 확대해서는 자연이라고 할 수 있다. 로고스의 세계는 그런 자연의 세계에 응답하기 힘들다. 마이클 마더는 "타자에게 말할 수 없는 것을 보존하면서 간접적으로 비스듬히 응답하는 것"이 우리 앞에 놓인 도전이라고 하지만, '시'야말로 그 사선적 특성(obliqueness)을 업으로 삼는 장르가 아닌가. 식물과 자연을 바라보는 조명의 시적 언어가 로고스의 언어와 얼마만큼의 기울기를 가졌는지를 느껴 보는 것도 이번 시집을 읽는 독법이 될 수 있을 것이다.

풀에게 사랑을 고백하려면, 관념의 언어는 침묵시킨 채, 풀을 향한 감각을 활짝 열어라. 풀의 침묵과 흔들리는 몸짓을 앞에 두고 그들의 언어는 어떤 것일까 상상하고 관찰

---

* 루스 이리가레·마이클 마더, 앞의 책, 329쪽.

하면서, 혹시 운이 좋아 그들과 우연히 겹쳐 만나는 순간이 있다면 겨우 그때 말을 건넬 수 있지 않을까? 풀이 우리의 노력을 받아 줄지는 알 수 없지만, 사랑 고백은 그다음이다.

지은이　　　조명

대전에서 태어났다.
2003년 계간 《시평》으로 등단했다.
시집으로 『여왕코끼리의 힘』이 있다.
제6회 매계문학상을 수상했다.
'에버덩문학의집' 대표.

내 몸을 입으시겠어요?

1판 1쇄 펴냄 2020년 11월 13일
1판 2쇄 펴냄 2022년 12월 14일

지은이 조명
발행인 박근섭, 박상준
펴낸곳 ㈜민음사

출판등록 1966. 5.19. (제16-490호)
서울특별시 강남구 도산대로1길 62(신사동)
강남출판문화센터 5층 (06027)
대표전화 02-515-2000 / 팩시밀리 02-515-2007
www.minumsa.com

ⓒ 조명, 2020. Printed in Seoul, Korea

ISBN 978-89-374-0898-4 04810
　　　 978-89-374-0802-1 (세트)

* 잘못 만들어진 책은 구입처에서 교환해 드립니다.

음의 시

록